KB039900

중학교 국어 교과서 수록 시 작품선

# 국어 교과서 여행

## 중3 시

**＊일러두기**

본문의 시는 출처에 있는 원작을 기준으로 합니다.

중3 시

# 국어
# 교과서
# 여행

한송이 엮음

스푼북

## 들어가는 말

여러분은 어떤 길을 가고 있나요? 진부한 표현이지만 많은 사람들이 우리가 살아가는 삶을 '길'이라고 말합니다. 시인들은 어떻게 표현했을까요?

윤동주는 〈새로운 길〉에서 '어제도 가고 오늘도 갈 / 나의 길 새로운 길'이라고 말합니다. 어제 갔던 학교를 오늘 또 가고, 내일도 가겠죠. 하루하루 반복되는 일상이 매일 똑같이 느껴지겠지만 사실 우리는 날마다 새로 주어진 하루를 살아가고 있습니다. 이렇게 수많은 하루들을 잘 살아 내는 것은 우리가 새로운 길을 향해 뚜벅뚜벅 걸어가고 있다는 증거이기도 하지요. 김애란은 〈길〉에서 '난 뭐가 되지? 뭘 할 수 있지?' 고민하며 막막해할 때, 어머니의 조언이 힘이 되었던 경험을 이야기합니다. '어느 길로 가야 하지? 길은 있을까?' 하는 생각이 들 때, 우리에게 괜찮다고 말해 주는 것 같아서 참 좋습니다.

《국어 교과서 여행 - 중2 시》《국어 교과서 여행 - 중2 수필》에 이어 세 번째로 만나게 되었습니다. 제 이름으로 된 책이 세상에 나왔다는 게 지금도 참 신기합니다. 지난겨울에 우연히 서점에 갔다가 판매대에 진열된 제 책을 보고 반갑고 신기한 마음에 사진을 찍어 두기도 했어요. 책을 쓸 거라는 생각조차 해 본 적 없던 제가 벌써 두 번째 시 해설서를 쓰고 있습니다. 역시나 진부한 비유지만 인생이라고 하는 길은 어디로 갈지 알 수 없는 것 같습니다.

여러분과 길에 대해 생각해 볼까 합니다. 이 책을 읽고 있는 여러분은 어떤 고민을 하고 있나요? 가야 할 길, 가고 싶은 길은 어떤 길인가요? 여러분이 '내가 잘 가고 있나?', '이 길이 맞는 건가?', '혼자 걷는 길은 너무 외로워.'라고 생각할 때, 좋은 시들이 길동무가 되어 줄 겁니다. 좋은 시들은 사람들이 살아가는 다양한 모습과 기쁨, 슬픔, 절망, 희망과 같은 감정들을 잘 포착해서 보여 주기 때문입니다. '빨리 가려면 혼자 가고, 멀리 가려면 같이 가라.'라는 아프리카 속담이 있지요. 여러분이 혼자 가지 않길 바랍니다. 좋은 시들과 함께 멀리 가길 바랍니다. 어제도 가고 오늘도 갈, 나의 길을 떠나 볼까요?

2020년 어느 날
**한송이**

# 차례 ✧

## 1부 일상

## 2부 세상

# 1부

# 일상

날마다 반복되는 생활 속의
작은 사건들이 곧 나를 만듭니다.

# 가랑비

정완영

텃밭에 가랑비가 가랑가랑 내립니다

빗속에 가랑파가 가랑가랑 자랍니다

가랑파 가꾸는 울 엄마 손 가랑가랑 젖습니다.

## 시 이해하기

정완영(1919~2016)은 현대 시조를 대표하는 시조 시인입니다. '시조'라고
하면, 이미 조선 시대에 끝나 버린 갈래라고 생각하기 쉬운데요, 현대 시
조는 지금도 이어지고 있습니다. 평시조의 기본 형식(3장 6구 45자 내외)을
지키면서도, 현대적인 소재로 우리의 정서를 표현합니다.

〈가랑비〉는 현대 시조 중에서도 동시조에 속합니다. 동요나 동시가 무엇
인지 잘 알고 있죠? 맞습니다. 동요나 동시처럼 동시조도 어린 친구들을
대상으로 한 시조입니다. 어린이의 눈높이에 맞게 쉬운 단어를 사용하면
서, 초장과 중장에서 같은 글자 수를 반복하여 운율감을 형성하고 있지요.
'가랑비가 가랑가랑'과 '가랑파가 가랑가랑'이라는 비슷한 시구를 반복하여
비가 내리는 듯한 청각적 효과를 거두고 있기도 합니다. 텃밭에 파를 가꾸
는 엄마 손이 젖는 걸 걱정하는 예쁜 마음도 함께 담고 있어요.

# 비스듬히

정현종

생명은 그래요.
어디 기대지 않으면 살아갈 수 있나요?
공기에 기대고 서 있는 나무들 좀 보세요.

우리는 기대는 데가 많은데
기대는 게 맑기도 하고 흐리기도 하니
우리 또한 맑기도 흐리기도 하지요.

비스듬히 다른 비스듬히를 받치고 있는 이여.

## 방문객

정현종

사람이 온다는 건
실은 어마어마한 일이다.
그는
그의 과거와
현재와
그리고
그의 미래와 함께 오기 때문이다.
한 사람의 일생이 오기 때문이다.
부서지기 쉬운
그래서 부서지기도 했을
마음이 오는 것이다―그 갈피를
아마 바람은 더듬어 볼 수 있을
마음.
내 마음이 그런 바람을 흉내 낸다면
필경 환대가 될 것이다.

정현종(1939~ ) 시인의 가장 유명한 작품이면서, 타인을 대하는 태도를 생각해 보게 하는 시 〈방문객〉은 〈비스듬히〉와 통하는 맥락이 있습니다.

〈비스듬히〉는 일상의 평범한 단어들로 이루어져 있습니다. 하지만 그 속에 담긴 의미는 참 깊습니다. '공기에 기대고 서 있는 나무들'이라니요. 우리가 모르고 지나치는 것들을 시인들은 예리한 관찰력으로 포착해 냅니다. 생명은 혼자 살고 있지 않아요. 나무도 사람도 무릇 생명이라는 것들은 '비스듬히 다른 비스듬히를 받치'며 살아가고 있다는 것을 잊지 않았으면 좋겠습니다.

# 나그네

박목월

강나루 건너서
밀밭 길을

구름에 달 가듯이
가는 나그네

길은 외줄기
남도 삼백 리

술 익는 마을마다
타는 저녁놀

구름에 달 가듯이
가는 나그네

## 완화삼 – 목월에게

조지훈

차운 산 바위 위에 하늘은 멀어
산새가 구슬피 울음 운다.

구름 흘러가는
물길은 칠백 리

나그네 긴 소매 꽃잎에 젖어
술 익는 강 마을의 저녁노을이여.

이 밤 자면 저 마을에
꽃은 지리라.

다정하고 한 많음도 병인 양하여
달빛 아래 고요히 흔들리며 가노니…….

**시 이해하기**

조지훈의 〈완화삼-목월에게〉라는 시에 대한 답시로 쓰인 〈나그네〉는 박목월(1915~1978)의 초기 작품입니다. 〈완화삼-목월에게〉의 내용 중에 "구름 흘러가는 / 물길은 칠백 리 // 나그네 긴 소매 꽃잎에 젖어 / 술 익는 강 마을의 저녁노을이여."라는 구절이 있어요. 구름, 나그네, 술 익는 마을 등의 시어를 통해 〈완화삼-목월에게〉에서 착안해서 〈나그네〉가 쓰인 것을 알아차릴 수 있겠죠? 서로 시를 주고받는 시인들의 우정이 멋지지 않나요?

한 폭의 동양화를 떠올리게 하는 깊은 여백이 마음을 울리는 시입니다. 이 시는 언뜻 보기에는 일정한 운율이 없어 보이지만, 각 연들의 두 행을 모두 같은 운율인 3음보로 읽을 수 있습니다. '강나루 / 건너서 / 밀밭 길을', '구름에 / 달 가듯이 / 가는 나그네'처럼요. 일정한 운율감으로 끊어 읽어서 더욱 느린 호흡으로 감상할 수 있는 작품입니다.

# 우리 동네 구자명 씨 – 여성사 연구 5

고정희

맞벌이 부부 우리 동네 구자명 씨

일곱 달 된 아기 엄마 구자명 씨는

출근 버스에 오르기가 무섭게

아침 햇살 속에서 졸기 시작한다

경기도 안산에서 서울 여의도까지

경적 소리에도 아랑곳없이

옆으로 앞으로 꾸벅꾸벅 존다

차창 밖으론 사계절이 흐르고

진달래 피고 밤꽃 흐드러져도 꼭

부처님처럼 졸고 있는 구자명 씨,

그래 저 십 분은

간밤 아기에게 젖 물린 시간이고

또 저 십 분은

간밤 시어머니 약시중 든 시간이고

그래그래 저 십 분은

새벽녘 만취해서 돌아온 남편을 위하여 버린 시간일 거야

고단한 하루의 시작과 끝에서

잠 속에 흔들리는 팬지꽃 아픔

식탁에 놓인 안개꽃 멍에

그러나 부엌문이 여닫히는 지붕마다

여자가 받쳐 든 한 식구의 안식이

아무도 모르게

죽음의 잠을 향하여

거부의 화살을 당기고 있다

## 시 이해하기

고정희(1948~1991) 시인은 1975년에 문단에 등단한 이후에 타계하던 1991년까지 모두 열 권의 시집을 남겼을 만큼 참 열심히 썼습니다. 우리나라 초기 여성 운동에 한자리를 차지할 만한 인물이면서, 여성주의적인 관점뿐만 아니라 민중적 관점에서 시를 쓴 시인입니다.

이 시는 버스를 타고 있는 서민들의 고단한 삶의 모습을 그렸다는 점에서 최두석의 〈성에꽃〉과 견주어 읽을 수 있습니다. '구자명 씨'는 요샛말로 '워킹맘'의 대명사라고 볼 수 있을 것 같습니다. 경기도 안산에서 서울 여의도까지 운행하는 버스를 타고 출근을 하지요. 지난밤에 잠을 푹 못 잤습니다. 젖먹이 아이, 아프신 시어머니, 만취한 남편까지 돌본 구자명 씨는 부족한 잠을 출근 버스 안에서 보충할 수밖에 없지요. 1987년에 출간된 시집에 수록된 이 시에서 묘사하고 있는 '구자명 씨'의 모습이 2020년을 살고 있는 우리에게도 낯설지 않다는 사실이 한편으로는 좀 서글픈 생각도 듭니다.

## 단어

멍에: 수레나 쟁기를 끌기 위하여 마소의 목에 얹는 구부러진 막대. 쉽게 벗어날 수 없는 구속이나 억압을 비유할 때 쓰이는 말이다.

## 성에꽃

최두석

새벽 시내버스는
차창에 웬 찬란한 치장을 하고 달린다.
엄동 혹한일수록
선연히 피는 성에꽃
어제 이 버스를 탔던
처녀 총각 아이 어른
미용사 외판원 파출부 실업자의
입김과 숨결이
간밤에 은밀히 만나 피워 낸
번뜩이는 기막힌 아름다움
나는 무슨 전람회에 온 듯
자리를 옮겨 다니며 보고
다시 꽃 이파리 하나, 섬세하고도
차가운 아름다움에 취한다.
어느 누구의 막막한 숨결이던가
어떤 더운 가슴이 토해 낸 정열의 숨결이던가.
일없이 정성스레 입김으로 손가락으로
성에꽃 한 잎 지우고
이마를 대고 본다.
덜컹거리는 창에 어리는 푸석한 얼굴
오랫동안 함께 길을 걸었으나
지금은 면회마저 금지된 친구여.

*성에꽃: 성에가 유리창 따위에 끼어 있는 모습을 꽃에 비유하여 이르는 말.

# 꽃

김춘수


내가 그의 이름을 불러 주기 전에는
그는 다만
하나의 몸짓에 지나지 않았다.


내가 그의 이름을 불러 주었을 때
그는 나에게로 와서
꽃이 되었다.


내가 그의 이름을 불러 준 것처럼
나의 이 빛깔과 향기에 알맞은
누가 나의 이름을 불러 다오.
그에게로 가서 나도
그의 꽃이 되고 싶다.


우리들은 모두
무엇이 되고 싶다.
너는 나에게 나는 너에게
잊혀지지 않는 하나의 눈짓이 되고 싶다.

## 시 이해하기

특정 작품의 소재나 작가의 문체를 흉내 내서 익살스럽게 표현하는 수법을
'패러디'라고 합니다. 여러분이 영화나 광고를 볼 때 어떤 장면이 패러디라
고 알아볼 수 있는 이유는 원작이 그만큼 유명하기 때문이죠. 이 시는 여러
후배 작가가 패러디를 했을 만큼 잘 알려진 김춘수(1922~2004) 시인의 대표
작입니다.

이 시는 연애시로 읽히기도 합니다. 사랑하는 사람이 나의 이름을 불러 주
기 전에는 아무것도 아닌 존재였지만, 사랑하는 이가 이름을 불러 주었기
때문에 그의 꽃이 되었다는 내용이죠. 누군가에게 의미 있는 존재가 되고
싶은 소망을 노래하고 있습니다.

그런데 사실 이 시는 단순한 연애시가 아닙니다. 인식론이나 존재론적 관점
에서 이해할 수도 있지요. 이름을 부른다는 것(命名)은 어떤 존재를 인식하
게 되는 것입니다. 여기서 '이름'은 그 대상의 '본질(빛깔과 향기)'을 바탕으로
합니다. 대상에 대해 관심을 가지고 빛깔과 향기를 살펴야 제대로 된 이름
을 불러 줄 수 있습니다. 오렌지와 사과는 빛깔과 향기가 다른데, 오렌지를
사과라고 부르면 안 되고, 사과를 오렌지라고 불러서도 안 됩니다. 사람들
은 누구나 자신이 오렌지인 것을, 혹은 사과라는 사실을 다른 사람들이 잘
알고 불러 주기를 원한다는 거죠. 사물이든 사람이든 어떤 존재를 이해하기
위해서는 많은 관심과 관찰이 필요합니다. 의미 있는 존재로 인식하는 것은
누구에게나 중요한 일입니다. 가족, 친구들이 스스로를 의미 없는 존재로
느끼지 않도록 많이 관찰하고 알맞은 이름을 불러 주자고요.

**잊혀지다**: 바른 표기는 '잊히다'이다.

# 3월에 오는 눈

나태주

눈이라도 3월에 오는 눈은
오면서 물이 되는 눈이다
어린 가지에
어린 뿌리에
눈물이 되어 젖는 눈이다
이제 늬들 차례야
잘 자라거라 잘 자라거라
물이 되며 속삭이는 눈이다.

## 시 이해하기

3월에 눈이 오는 경우가 종종 있습니다. 봄비 대신 내리는 봄눈이라고 해야 할까요? 이 봄눈은 한겨울에 내리는 함박눈과 다릅니다. 세상 모든 것을 덮어 버리는 겨울 눈과는 다르게 봄눈은 오면서 물이 되고 말지요. 그리고 이 물은 겨울이 끝나고 새로운 봄이 온다는 뜻입니다. 어린 가지와 뿌리에게 이제 너희들 차례라고 알려 주고 있어요. 차가운 눈이지만 어딘가 모르게 따뜻한 느낌이 들지 않나요?

# 행복

나태주

저녁때
돌아갈 집이 있다는 것

힘들 때
마음속으로 생각할 사람 있다는 것

외로울 때
혼자서 부를 노래 있다는 것.

## 시 이해하기

짧은 글짓기를 해 볼까요? 주제는 '행복'이고, 형식은 '~때, ~것'입니다. 여러분은 마음속에서 어떨 때, 어떤 것이 떠올랐나요? 저는 '졸릴 때, 포근한 이불을 감싸고 눕는 것'입니다.

〈곰돌이 푸〉라는 만화에서 곰돌이 푸는 "매일이 행복하지는 않지만, 행복한 일은 매일 있어."라고 말합니다. 그래요. 아주 사소한 것들이 우리를 행복하게 만들어 줍니다. 내가 버스 정류장에 도착하자마자 버스가 올 때, 내가 좋아하는 메뉴가 급식으로 나왔을 때, 친구들이랑 땀 흘리며 농구를 하고 편의점에 가서 차가운 음료수를 마셨을 때처럼 우리를 미소 짓게 하는 사소한 일들이 많은 하루였으면 좋겠습니다.

# 묵화(墨畫)

김종삼

물 먹는 소 목덜미에
할머니 손이 얹혀졌다.
이 하루도
함께 지났다고,
서로 발잔등이 부었다고,
서로 적막하다고,

## 시 이해하기

묵화는 '먹으로 짙고 엷음을 이용하여 그린 그림'이라는 뜻입니다. 미술 시간에 동양화를 본 적이 있나요? 하얀 종이 위에 까만 먹으로 그린, 여백이 많은 그림이요. 흔히 동양화의 아름다움을 '여백의 미'라고 합니다. 김종삼(1921~1984) 시인의 시 〈묵화〉에서도 여백이 느껴집니다. 단 6행으로 이루어진 시이지만, 시에서 주는 울림은 무척 큽니다.

물 먹는 소 목덜미에 얹혀진 할머니의 주름진 손. 소와 할머니는 하루를 '함께' 지냈고, '서로' 발잔등이 부었다고, '서로' 적막하다고 말하고 있습니다. 할머니와 소는 오랜 세월을 함께 지내 온 사이인 것 같아요. 힘든 하루를 서로 위로해 주는 오랜 동반자의 모습입니다.

# 개를 여남은이나 기르되

작자 미상

  개를 여남은이나 기르되 요 개같이 얄미우랴

  미운 임 오면은 꼬리를 홰홰 치며 치뛰락 내리뛰락 반겨서 내닫
고 고운 임 오면은 뒷발을 버둥버둥 무르락 나락 캉캉 짖어서 도로
가게 하느냐

  쉰밥이 그릇그릇 난들 너 먹일 줄이 있으랴

## 시 이해하기

사설시조다운 해학적 표현이 돋보이는 작품입니다. 개를 여남은이나 기르는데, 참 얄미운 개가 한 마리 있나 봅니다. '여남은'은 열이 조금 넘는 수를 가리키는 말입니다. 열 마리가 넘는 개를 캐우는데, 그중 꼭 한 마리 개가 내 마음을 몰라줍니다. 그 녀석은 미운 임 오면 꼬리치며 반갑다고 하고, 고운 임 오면 캉캉 짖어서 돌아가게 만드니까요. 개가 움직이는 모습을 다양한 음성 상징어로 생동감 있게 표현한 점, 너무 미워서 쉰밥이 그릇그릇 넘쳐도 밥을 주지 않겠다는 말이 웃음을 유발합니다.

# 제망매가(祭亡妹歌)

월명사

생사(生死) 길은

예 있으매 머뭇거리고,

나는 간다는 말도

몯다 이르고 어찌 갑니까.

어느 가을 이른 바람에

이에 저에 떨어질 잎처럼,

한 가지에 나고

가는 곳 모르온저.

아아, 미타찰(彌陀刹)에서 만날 나

도(道) 닦아 기다리겠노라.

## 시 이해하기

제망매가는 신라 시대에 향찰로 쓰인 향가 작품입니다. 향찰은 한자의 음과 훈을 빌려 한국어를 표기하는 방식인 차자 표기 중의 하나입니다. 우리가 지금 보고 있는 작품은 향찰을 현대어로 풀이한 모습이지요.

월명사(?~?)는 신라 경덕왕 대의 승려입니다. 경덕왕 19년(760년)에 해가 둘 나타나자 향가 〈도솔가〉를 지어 불러 괴변이 사라지게 했고, 죽은 누이를 위하여 제(祭)를 올릴 때에 이 노래를 부르자 갑자기 광풍이 일어서 지전(紙錢)이 서쪽을 향하여 날아가 버렸다는 기록이 전할 만큼 비범한 능력으로 이름난 승려였습니다.

'어느 가을 이른 바람'이라는 표현으로 미루어 볼 때, 누이는 어린 나이에 죽음을 맞이한 것 같습니다. 황망한 누이의 죽음을 '미타찰에서 만날 나도 닦아 기다리'는 종교적인 노력으로 승화시키고 있습니다.

## 단어

**제망매가**: 죽은 누이를 위해 제사를 지내며 부르는 노래.
**미타찰**: 아미타 부처가 있는 서방 극락 세계.

## 도솔가

월명사

오늘 이에 산화(散花) 불러
뿌린 꽃이여 너는
곧은 마음의 명(命) 받아
미륵 좌주(彌勒座主) 뫼셔라.

# 호수 1
정지용

얼굴 하나야
손바닥 둘로
폭 가리지만,

보고픈 마음
호수만 하니
눈 감을밖에

## 시 이해하기

정지용(1902~1950)은 1920~1940년대에 활동했던 시인으로 비슷한 시기에 활동한 시인 김기림으로부터 "한국의 현대 시가 지용에서 비롯되었다."라고 평가받았을 만큼 뛰어난 작가입니다. 실제로 시어를 고르고 다듬는 데에 많은 노력을 기울인 시인이기도 하지요.

얼굴은 두 손으로 가릴 수 있지만, 보고 싶은 마음은 어떻게 해도 감출 수 없으니 눈을 감을 수밖에 없다고 합니다.

단 한 개의 문장으로 이루어졌지만 짧지 않은 여운을 남기는 시입니다. 이 한 문장을 쓰기 위해 썼다 지웠다 반복하며 단어 하나 허투루 쓰지 않은 시인의 고민이 엿보입니다. 의미 단위로 줄 바꿈을 했고, 1, 2연의 글자 수가 같습니다. 정제된 틀 안에서 자연스러운 운율감을 형성하고 있습니다.

# 얼굴 반찬

공광규

옛날 밥상머리에는
할아버지 할머니 얼굴이 있었고
어머니 아버지 얼굴과
형과 동생과 누나의 얼굴이 맛있게 놓여 있었습니다.
가끔 이웃집 아저씨와 아주머니
먼 친척들이 와서
밥상머리에 간식처럼 앉아 있었습니다.
어떤 때는 외지에 나가 사는
고모와 삼촌이 외식처럼 앉아 있기도 했습니다.
이런 얼굴들이 풀잎 반찬과 잘 어울렸습니다.

그러나 지금 내 새벽 밥상머리에는
고기반찬이 가득한 늦은 밥상머리에는
아들도 딸도 아내도 없습니다.
모두 밥을 사료처럼 퍼 넣고
직장으로 학교로 동창회로 나간 것입니다.

밥상머리에 얼굴 반찬이 없으니

인생에 재미라는 영양가가 없습니다.

## 시 이해하기

가족을 가리키는 말 중에 '식구(食口)'라는 표현이 있지요. 먹을거리를 의미하는 글자인 식(食) 자와 입을 의미하는 글자인 구(口) 자로 이루어진 한자어입니다. 식구의 사전적 의미는 '한집에서 함께 살면서 끼니를 같이하는 사람'입니다.

공광규(1960~ ) 시인이 표현한 1연의 '옛날 밥상머리'는 어떤 모습인가요? 할아버지, 할머니, 어머니, 아버지, 형, 동생, 누나의 얼굴뿐 아니라 가끔 이웃집 아저씨, 아주머니나 먼 친척들이 와서 앉아 있기도 했다네요. 외지에 나가 사는 고모나 삼촌이 올 때는 특별히 더 맛있는 음식들이 차려졌을 테니, 그 얼굴들은 '외식'처럼 앉아 있다고 합니다. 밥상에 둘러앉아 끼니를 같이하는 정다운 식구들의 모습이지요.

2연의 '밥상머리'는 어떤가요? 새벽에도 늦은 시간에도 아들, 딸, 아내와 같이 밥을 먹을 일이 없어요.

3연에서는 함께 밥을 먹는 식구들이 없으니 '인생에 재미라는 영양가가 없다'고 합니다.

뉴스를 보면 여러 가지 이유로 '혼밥'을 하는 사람들이 많아졌다고 하지요. 인기 있다는 '먹방'들도 결국은 이런 얼굴 반찬이 그리운 사람들이 자신의 식사 때, 함께할 식구를 찾는 것은 아닌지 생각해 보게 됩니다.

# 나를 멈추게 하는 것들 – 속도에 대한 명상 13
반칠환

보도블록 틈에 핀 씀바귀꽃 한 포기가 나를 멈추게 한다

어쩌다 서울 하늘을 선회하는 제비 한두 마리가 나를 멈추게 한다

육교 아래 봄볕에 탄 까만 얼굴로 도라지를 다듬는 할머니의 옆
모습이 나를 멈추게 한다

굽은 허리로 실업자 아들을 배웅하다 돌아서는 어머니의 뒷모습
은 나를 멈추게 한다

나는 언제나 나를 멈추게 한 힘으로 다시 걷는다

## 시 이해하기

따듯한 시선을 가진 반칠환(1964~ ) 작가의 연작시 중 한 편입니다. 옆에 써 있는 숫자에서 알 수 있듯이 '속도에 대한 명상'이라는 부제를 달고 있는 시들이 더 있습니다. '속도'에 대한 명상을 이야기하면서 나를 '멈추게' 하는 것들을 이야기하고 있죠. 속도라는 단어가 갖고 있는 함의가 무엇일까요? 속도가 문명, 무생명성, 기계 등을 가리킨다면 멈춤은 그 반대에 있는 것들을 의미한다고 볼 수 있습니다.

보도블록은 인공적인 것이죠. 그 틈새로 피어난 씀바귀꽃 한 포기의 생명력이 화자의 눈길과 발길을 붙잡습니다. 바쁘고 복잡한 서울 하늘에서 제비를 보는 것은 '어쩌다' 마주치는 소중한 생명이죠. 시인은 이토록 섬세한 눈을 가지고 있습니다. 빨리, 더 빨리 걸어가는 세상 속에서 느리게 또는 멈춰야만 볼 수 있는 것들을 이야기하고 있어요. 오늘 하루, 나의 눈길과 발길이 머문 곳은 어디인가요?

## 단어

선회(旋回): 둘레를 빙글빙글 돎.

# 남으로 창을 내겠소

김상용

남(南)으로 창을 내겠소
밭이 한참갈이
괭이로 파고
호미론 풀을 매지요.

구름이 꼬인다 갈 리 있소
새 노래는 공으로 들으랴오
강냉이가 익걸랑
함께 와 자셔도 좋소.

왜 사냐건
웃지요.

## 시 이해하기

〈남으로 창을 내겠소〉는 김상용(1902~1951) 시인의 대표작입니다. 1연에서는 소박한 전원생활을 노래합니다. 남쪽으로 창을 낸 집, 한참갈이 크기의 밭에서 괭이로 파고, 호미로 풀을 맵니다.

2연에서는 그런 생활에 대한 만족감을 노래하고 있습니다. 구름이 꼬인다고 해도 가지 않을 것이고, 새소리를 노래로 들으며, 강냉이가 익으면 와서 같이 먹어도 좋다고 합니다.

3연이 이 시의 백미인데요, 누군가 나에게 왜 사냐고 묻거든 그냥 웃겠다고 합니다. 그 웃음은 많은 의미를 담고 있는 것이겠지요.

## 단어

**한참갈이**: 소로 잠깐이면 갈 수 있는 작은 논밭의 넓이.

# 벼락

이성미

밤하늘을 그어 버리는
노란 손톱자국

놀란 거인이 쿵쿵거리며 달려 나온다

## 시 이해하기

한밤중에 벼락 치는 소리에 놀라서 깨 본 경험이 한두 번 쯤 있을 것 같아
요. 저도 어린 시절에는 한밤중에 번쩍번쩍하던 그 빛에 놀라 마음 졸였던
기억이 있습니다. 번쩍 빛이 난 후, 얼마쯤 있다가는 우르릉 쾅쾅 하며 무
서운 소리가 나지요.

이성미(1967~ ) 시인은 자연 현상을 아주 재미있게 표현하고 있습니다. 1연
에서 말한 '노란 손톱자국'은 번개의 모습을 시각적으로 형상화한 표현이지
요. 2연은 번갯불 뒤에 따라오는 천둥소리를 거인의 쿵쿵거리는 발소리로
청각적 심상을 이용해 표현하였습니다. 짧지만 참신한 표현이 돋보이는 시
입니다.

# 봄나무

이상국

나무는 몸이 아팠다
눈보라에 상처를 입은 곳이나
빗방울들에게 얻어맞았던 곳들이
오래전부터 근지러웠다
땅속 깊은 곳을 오르내리며
겨우내 몸을 덥히던 물이
이제는 갑갑하다고
한사코 나가고 싶어 하거나
살을 에는 바람과 외로움을 견디며
봄이 오면 정말 좋은 일이 있을 거라고
스스로에게 했던 말들이
그를 못 견디게 들볶았기 때문이다
그런 마음의 헌데 자리가 아플 때마다
그는 하나씩 이파리를 피웠다

## 시 이해하기

이상국(1946~ ) 시인은 이 시에서 겨울 동안 상처와 아픔을 겪은 후에 봄이 되어 이파리를 피워 내는 봄나무의 모습을 표현하고 있습니다. 여기서 '봄나무'는 의인화된 대상입니다. 실제로 나무는 근지럽거나 갑갑하거나 외로움을 견디는 것 등을 느끼는 존재는 아니지요.

나무가 아프고 근지러웠던 이유는, 겨울을 지내며 '살을 에는 바람과 외로움을 견디며 봄이 오면 정말 좋은 일이 있을 거라고 스스로에게' 말하며 자신을 들볶았기 때문이지요. 그런데 봄이 오자 그 '마음의 헌데 자리가 아플 때마다' 이파리를 하나씩 피워 냈다고 합니다.

사람의 일도 그래요. 어렵고 힘든 일이 있을 때 스스로를 좋은 말들로 다독이죠. '괜찮아, 잘하고 있어', '이것만 버티면 돼', '잘될 거야' 같은 말들이요. 그런 말들로 자신을 다독이다 보면, 상처 난 자리에 새살이 돋듯, 어느새 예쁜 초록 잎이 돋아날 겁니다.

# 돼지고기 두어 근 끊어 왔다는 말

안도현


어릴 때, 두 손으로 받들고 싶도록 반가운 말은 저녁 무렵 아버지가 돼지고기 두어 근 끊어 왔다는 말

정육점에서 돈 주고 사 온 것이지마는 칼을 잡고 손수 베어 온 것도 아니고 잘라 온 것도 아닌데

신문지에 둘둘 말린 그것을 어머니 앞에 툭 던지듯이 내려놓으며 한마디, 고기 좀 끊어 왔다는 말

가장으로서의 자랑도 아니고 허세도 아니고 애정이나 연민 따위 더더구나 아니고 다만 반갑고 고독하고 왠지 시원시원한 어떤 결단 같아서 좋았던, 그 말


남의 집에 세 들어 살면서 이웃에 고기 볶는 냄새 퍼져 나가 좋을 거 없다, 어머니는 연탄불에 고기를 뒤적이며 말했지


그래서 냄새가 새어 나가지 않게 방문을 꼭꼭 닫고 볶은 돼지고기를 씹으며 입안에 기름 한입 고이던 밤

## 시 이해하기

우리 집에서만 쓰는 정겨운 말이 있나요? 저는 어릴 적 마당에 할머니께서 '뽀르새나무'라고 부르는 나무가 있었어요. 그 열매는 당연히 '뽀르새열매'였지요. 나중에 성인이 되어서 알았는데, 그 나무가 보리수나무였더라고요. 저는 지금도 길을 가다 빨간 열매가 열린 보리수나무를 만나게 되면 "어! 뽀르새다!"라고 말하곤 합니다. 사전에 쓰인 '보리수나무'와 저의 '뽀르새나무'가 가리키는 대상은 같을지 몰라도, 그 단어가 주는 기억, 가족과의 추억, 그리운 느낌은 확연히 다른 것이지요.

안도현(1961~ ) 시인의 시에는 이러한 삶의 모습이 잘 드러나 있습니다. 화자의 아버지는 항상 돼지고기를 '사 왔다'고 하지 않으시고 '끊어 왔다'고 하셨나 봐요. 그 '끊어 왔다'는 말이 '가장으로서의 자랑도 아니고 허세도 아니고 애정이나 연민 따위 더더구나 아니고 다만 반갑고 고독하고 왠지 시원시원한 어떤 결단 같아서 좋았'다고 합니다. 이렇듯 가족의 말은 누군가에게 특별한 기억을 떠오르게 하는 힘이 있습니다.

# 내 앞자리만 안 내림

하상욱

잘못된
선택

뒤늦은
후회

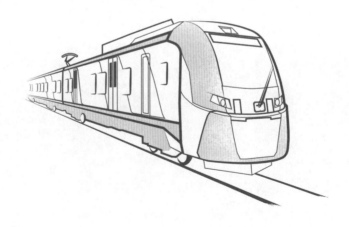

## 시 이해하기

스스로를 시인이 아니라 '시팔이'라고 이야기하는 작가 하상욱(1981~ )의 짧은 시입니다. 작가는 자신이 한국 시 문학의 범주에 드는 작품을 쓰는 사람이 아니기 때문에 스스로를 시인이라고 칭하지 않는다고 해요. 책으로 출판되기도 했지만, 그가 작품을 발표하는 공간은 기본적으로 지면이 아니라 SNS상입니다.

하상욱의 시를 감상하는 방법은 내용을 먼저 읽고 제목을 나중에 읽는 것입니다. 내용을 보면서 제목이 뭘까 유추해 보는 재미가 있어요. 맞으면 재미있고, 틀리면 '아, 이거였구나!' 감탄하게 되지요. 버스나 지하철에 서 있을 때, 꼭 내 앞자리에 앉은 사람만 안 내리는 것 같은 경험, 다들 한번쯤 해 보지 않았나요? 이렇듯 하상욱 작가는 우리 생활 속 한순간을 포착하는 짧은 시로 많은 사람들의 '좋아요'를 받고 있습니다. 그의 SNS 계정에는 더 많은 짧은 시들이 있으니 한번 방문해 보는 것도 재미있을 거예요.

# 딸을 위한 시

마종하

한 시인이 어린 딸에게 말했다.
'착한 사람도, 공부 잘하는 사람도 다 말고
관찰을 잘하는 사람이 되라고.
겨울 창가의 양파는 어떻게 뿌리를 내리며
사람들은 언제 웃고, 언제 우는지를.
오늘은 학교에 가서
도시락을 안 싸 온 아이가 누구인지 살펴서
함께 나누어 먹기도 하라고.'

## 시 이해하기

한 시인은 어린 딸에게 착한 사람도, 공부 잘하는 사람도 다 말고 관찰을 잘하는 사람이 되라고 했다고 하네요. 마종하(1943~2009) 시인의 〈딸을 위한 시〉속 '관찰을 잘하는 사람'은 어떤 사람일까요? 시의 내용에 답이 있습니다. 겨울 창가의 양파가 어떻게 뿌리를 내리는지, 사람들이 언제 웃고 언제 우는지, 오늘 학교에 가서 도시락을 안 싸 온 아이가 누구인지 살피는 사람입니다. 이때 관찰하는 시선은 비교하는 게 목적이 아닙니다. 내가 남보다 못한지, 남보다 뛰어난지를 살피라는 게 아니에요. 사람과 사물의 생활을 잘살펴, 그에 맞는 도움을 줄 수 있는 사람이 되라는 뜻이지요. 제목처럼 저역시 제 어린 딸에게 들려주고 싶은 시입니다.

# 봄비

안도현

봄비는
왕벚나무 가지에 자꾸 입을 갖다 댄다
왕벚나무 가지 속에 숨은
꽃망울을 빨아내려고

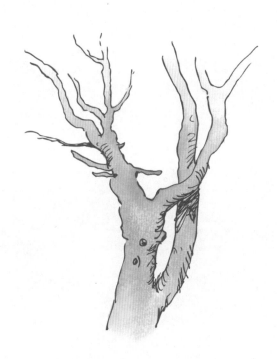

## 시 이해하기

한바탕 봄비가 내린 후, 왕벚나무 가지 속에서 꽃망울이 피어오르는 모습은 봄이면 어렵지 않게 볼 수 있는 풍경입니다. 그런데 시인은 색다른 시선으로 보고 있네요. 봄비가 '왕벚나무 가지에 자꾸 입을 갖다 댄다'고 해요. 그 속에 숨은 꽃망울을 빨아내기 위해서 말이죠. 참 재미있는 생각입니다.

## 2부

# 세상

소소한 일상이 켜켜이 쌓여
크고 작은 세상을 만들어 간답니다.

# 내 마음 베어 내어

정철

내 마음 베어 내어 저 달을 만들고자
구만 리 먼 하늘에 번듯이 걸려 있어
고운 임 계신 곳에 가 비추어나 보리라

62

## 시 이해하기

정철(1536~1593)은 조선 중기의 문신이자 시인입니다. 〈관동별곡〉, 〈사미인곡〉, 〈속미인곡〉 등의 가사로 유명하지만 가사 작품뿐만 아니라 〈훈민가〉 같은 시조도 여러 편을 남겼습니다.

조선 시대 문신답게 정철이 남긴 작품들의 주제는 충신연주지사(忠臣戀主之詞)인 경우가 많습니다. '충신이 임금을 그리워하며 부르는 노래'라는 뜻이지요. 이 작품도 그렇습니다. 내 마음을 잘라 내서 하늘 높이 떠 있는 달을 만들고 싶다고 합니다. 그렇게 달이 되면 나와 멀리 떨어져 있는 '고운 임(임금)'이 계신 곳에 가서 비추어 보기라도 할 수 있을 것 같으니까요. 임금을 그리워하는 시인의 절절한 마음이 잘 느껴지나요?

# 풀꽃 1
나태주


자세히 보아야
예쁘다

오래 보아야
사랑스럽다

너도 그렇다.

## 시 이해하기

어디선가 한 번쯤 본 적 있는 시죠? 나태주(1945~ ) 시인의 가장 유명한 작품입니다. 서울 광화문에 있는 한 대형 서점은 좋은 글귀를 현수막으로 만들어 걸어 놓는 것으로 유명합니다. 바로 이 〈풀꽃 1〉 역시 2012년, 이 서점의 현수막에 실리면서 광화문을 오가는 사람들에게 감동을 주었고, 입소문을 타며 많은 사랑을 받았습니다.

한 인터뷰에서 시인은 이 시를 두고 '세상을 바라보는 방법'이라고 이야기한 적이 있습니다. '풀꽃'만 두고 한 말이 아니라 세상을 바라볼 때, 대충 보지 말고 자세히 오랫동안 봐서 세상을 예쁘고 아름답게 보자는 말이지요. 제목에 숫자가 붙은 데에서 알 수 있듯이 이 시는 연작시입니다. 〈풀꽃 2〉, 〈풀꽃 3〉도 같이 읽어 보기 바랍니다.


### 풀꽃 2

나태주

이름을 알고 나면 이웃이 되고
색깔을 알고 나면 친구가 되고
모양까지 알고 나면 연인이 된다
아, 이것은 비밀

## 풀꽃 3

나태주

기죽지 말고 살아 봐
꽃피워 봐
참 좋아

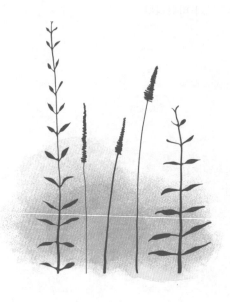

# 햇빛이 말을 걸다

권대웅

길을 걷는데

햇빛이 이마를 툭 건드린다

봄이야

그 말을 하나 하려고

수백 광년을 달려온 빛 하나가

내 이마를 건드리며 떨어진 것이다

나무 한 잎 피우려고

잠든 꽃잎의 눈꺼풀 깨우려고

지상에 내려오는 햇빛들

나에게 사명을 다하며 떨어진 햇빛을 보다가

문득 나는 이 세상의 모든 햇빛이

이야기를 한다는 것을 알았다

강물에게 나뭇잎에게 세상의 모든 플랑크톤들에게

말을 걸며 내려온다는 것을 알았다

반짝이며 날아가는 물방울들

초록으로 빨강으로 답하는 풀잎들 꽃들

눈부심으로 가득 차 서로 통하고 있었다

봄이야

라고 말하며 떨어지는 햇빛에 귀를 기울여 본다
그의 소리를 듣고 푸른 귀 하나가
땅속에서 솟아오르고 있었다

## 시 이해하기

권대웅(1962~ )은 달 그림을 그리고, 달에 대한 시를 쓰는 '달 시'로 잘 알려진 시인입니다. 이 시에서는 '햇빛'을 노래하고 있네요. 해와 달, 생각만 해도 따뜻해지는 단어들입니다.

여러분은 언제 봄이 왔다는 사실을 깨닫나요? 이 시에서는 길을 걷는데 이마를 툭 건드린 햇빛 때문에 알았다고 합니다. 따사로운 기운을 느끼지 못한 채 긴 겨울을 지내다가, 어느 순간 이마에 따뜻한 기운이 느껴져 고개를 들고 보니 봄이 왔다는 사실을 깨닫게 된 거죠. 그렇게 고개를 들고 주변을 둘러보니 이 세상의 모든 햇빛이, 세상의 모든 것들에게 말을 걸며 내려오고 있다는 겁니다. 맞아요. 햇빛은 지구에 있는 모든 것들에게 말을 걸고 있죠. "봄이야."라고 말을 거는 햇빛의 말에 귀 기울인 덕분에 나무들은 한 잎을 피우고, 잠든 꽃잎은 눈꺼풀을 깨우고, 땅속에서는 새싹이 솟아오릅니다.

# 가난한 사랑 노래 – 이웃의 한 젊은이를 위하여

신경림

가난하다고 해서 외로움을 모르겠는가

너와 헤어져 돌아오는

눈 쌓인 골목길에 새파랗게 달빛이 쏟아지는데.

가난하다고 해서 두려움이 없겠는가

두 점을 치는 소리

방범대원의 호각 소리, 메밀묵 사려 소리에

눈을 뜨면 멀리 육중한 기계 굴러가는 소리.

가난하다고 해서 그리움을 버렸겠는가

어머님 보고 싶소 수없이 뇌어 보지만

집 뒤 감나무에 까치밥으로 하나 남았을

새빨간 감 바람 소리도 그려 보지만.

가난하다고 해서 사랑을 모르겠는가

내 볼에 와 닿던 네 입술의 뜨거움

사랑한다고 사랑한다고 속삭이던 네 숨결

돌아서는 내 등 뒤에 터지던 네 울음.

가난하다고 해서 왜 모르겠는가

가난하기 때문에 이것들을

이 모든 것들을 버려야 한다는 것을.

## 시 이해하기

신경림(1936~ )은 따뜻하고 잔잔한 감정을 이야기하는 시인입니다. 우리 주변의 소외된 인물들에 대한 애정 어린 관찰과 그들에 대한 공감이 드러나는 시를 많이 썼습니다.

이 시는 '모르겠는가'로 끝맺는 문장을 반복하고 있습니다. 설의적 표현이죠. 설의적 표현은 평서문으로 진술해도 좋을 문장을 일부러 의문문 형식을 사용하여 변화를 주고, 나타내고자 하는 생각 등을 강조하여 표현하는 방법입니다. 이 시에서 '모르겠는가'는 사실 '모르지 않다', '잘 알고 있다'의 다른 말입니다. 즉, 외로움과 두려움, 그리움, 그리고 사랑까지 이 모든 것들을 잘 알고 있지만 가난하기 때문에 버려야 한다고 말하고 있는 것이죠. 참 안타까운 말입니다.

요즘 신조어로 'N포 세대'라는 말이 있습니다. 네이버 시사상식사전에서 'N포 세대'를 검색하면 "사회, 경제적 압박으로 인해 연애. 결혼, 주택 구입 등 많은 것을 포기한 세대를 지칭하는 용어로 포기한 게 너무 많아 셀 수도 없다는 뜻을 가지고 있다."라는 풀이가 나옵니다. 이웃 젊은이들의 가난한 사랑 노래가 돌림 노래가 되어 끊임없이 반복되고 있는 것만 같아 참 많이 안타깝습니다.

## 단어

까치밥: 본격적으로 겨울이 시작되면 먹을 것을 구하기 쉽지 않을 날짐승을 위해 따지 않고 남겨 두는 감.

# 상처가 더 꽃이다

유안진


어린 매화나무는 꽃 피느라 한창이고

사백 년 고목은 꽃 지느라 한창인데

구경꾼들 고목에 더 몰려섰다

둥치도 가지도 꺾이고 구부러지고 휘어졌다

갈라지고 뒤틀리고 터지고 또 튀어나왔다

진물은 얼마나 오래 고여 흐르다가 말라붙었는지

주먹만큼 굵다란 혹이며 패인 구멍들이 험상궂다

거무죽죽한 혹도 구멍도 모양 굵기 깊이 빛깔이 다 다르다

새 진물이 번지는가 개미들 바삐 오르내려도

의연하고 의젓하다

사군자 중 으뜸답다

꽃구경이 아니라 상처 구경이다

상처 깊은 이들에게는 훈장(勳章)으로 보이는가

상처 도지는 이들에게는 부적(符籍)으로 보이는가

백 년 못 된 사람이 매화 사백 년의 상처를 헤아리랴마는

감탄하고 쓸어 보고 어루만지기도 한다

만졌던 손에서 향기까지 맡아 본다

진동하겠지 상처의 향기

상처야말로 더 꽃인 것을.

## 시 이해하기

고목은 오래된 나무입니다. '사백 년'을 살아온 나무에는 그 세월만큼이나 참 많은 상처가 남아 있지요. 그런 나무의 모습은 의연하고 의젓합니다. 오래된 나무는 구부러지고 휘어진 모습입니다. '갈라지고 뒤틀리고 터지고 또 튀어나와' 있지요. 유안진(1941~ ) 시인의 이 시를 읽고 나면 마치 내가 직접 손으로 그런 나무를 쓸어 보고 어루만진 듯한 느낌이 듭니다. 오래된 나무를 쓸어서 만지고 손 냄새를 맡으면 그윽한 나무 향이 전해지죠. 꽃향기와는 또 다른, 나무의 진한 상처 냄새가 나는 것만 같습니다.

구부러지고 휘어진 둥치의 모습에서 고생으로 마디가 굵어진 할머니의 손이 떠오릅니다. 나무도 사람도 오랜 세월을 견디며 많은 상처를 지니게 됩니다. 그 상처들은 나무가 또는 그 사람이 그만큼 열심히 살아왔다는 반증이지요. 오래된 것들을 한구석에 미뤄 두지 말고, 연륜의 가치를 소중히 여겼으면 합니다.

## 단어

**둥치**: 큰 나무의 밑동.

# 봄은

신동엽

봄은
남해에서도 북녘에서도
오지 않는다.

너그럽고
빛나는
봄의 그 눈짓은,
제주에서 두만까지
우리가 디딘
아름다운 논밭에서 움튼다.

겨울은,
바다와 대륙 밖에서
그 매운 눈보라 몰고 왔지만
이제 올
너그러운 봄은, 삼천리 마을마다
우리들 가슴속에서
움트리라.

움터서,
강산을 덮은 그 미움의 쇠붙이들
눈 녹이듯 흐물흐물
녹여 버리겠지.

핵심 키워드
#민중 #참여_시인 #봄 #희망 #의지 #상징 #통일

## 시 이해하기

신동엽(1930~1969)은 민중의 저항 의식을 시로 쓴 대표적인 참여 시인입니다. 시를 감상할 때 시인의 생애나 시대적 배경을 참고하는 것이 무조건 좋은 방법이라고 할 순 없지만, 신동엽과 같은 참여 시인의 작품은 시대적 배경과 사회적 의미를 담고 있는 경우가 많습니다.

이 시는 통일에 대한 염원을 비유와 상징으로 표현한 작품입니다. '봄'이 통일이라면 '겨울'은 분단된 현실이지요. 겨울을 '바다와 대륙 밖에서' 눈보라를 몰고 왔다고 표현한 것은 남과 북의 분단이 우리 민족의 의지가 아니라 외부 세력에 의한 일이었다는 것을 의미합니다. '제주에서 두만까지' 한반도 전역에 겨울이 가고 봄이 오길 소망하고 있습니다. 또한, 봄은 '남해'나 '북녘' 같은 외부의 작용으로 오는 것이 아니라, '우리들 가슴속에서 움'터서 온다고 이야기하고 있습니다. 즉, 분단 현실은 더 이상 외부의 영향력이 아니라 우리 민족 안에서 해결해야 할 문제라는 것이지요. 이 시처럼 한반도에 따뜻한 봄이 오길 바라 봅니다.

# 껍데기는 가라

신동엽


껍데기는 가라.
사월도 알맹이만 남고
껍데기는 가라.

껍데기는 가라.
동학년 곰나루의, 그 아우성만 살고
껍데기는 가라.

그리하여, 다시
껍데기는 가라.
이곳에선, 두 가슴과 그곳까지 내논
아사달 아사녀가
중립의 초례청 앞에 서서
부끄럼 빛내며
맞절할지니

껍데기는 가라.
한라에서 백두까지

향그러운 흙 가슴만 남고
그, 모오든 쇠붙이는 가라.

### 시 이해하기

4·19 혁명은 1960년 3·15 부정 선거에 항의하며 일어난 시민 혁명입니다. 1연에서 이야기한 '사월'이 바로 4·19 혁명입니다. 2연에서 이야기한 '동학 년'은 동학 농민 운동을 뜻합니다. 4·19 혁명과 동학 농민 운동은 우리 현대 사에서 매우 중요한 사건이지요. 이 사건들이 민주와 자유를 지향한 운동이 었다는 점으로 미루어 볼 때, '알맹이'와 '아우성'은 민주화에 대한 순수한 열 망, 민중의 정의 등을 상징합니다. '알맹이'와 대립되는 '껍데기'는 거짓과 위 선, 불의, 민주화를 가로막는 모든 것이라고 할 수 있지요. 시인은 '껍데기 는 가라'고 반복해서 이야기합니다. 이 땅에 순수한 것들만 남고 불순한 것 들은 모두 사라지길 바라는 열망입니다.

### 단어

**곰나루:** '공주'의 옛 이름.

# 산(山)에 언덕에
신동엽

그리운 그의 얼굴 다시 찾을 수 없어도
화사한 그의 꽃
산에 언덕에 피어날지어이.


그리운 그의 노래 다시 들을 수 없어도
맑은 그 숨결
들에 숲속에 살아갈지어이.


쓸쓸한 마음으로 들길 더듬는 행인아.


눈길 비었거든 바람 담을지네.
바람 비었거든 인정 담을지네.


그리운 그의 모습 다시 찾을 수 없어도
울고 간 그의 영혼
들에 언덕에 피어날지어이.

## 시 이해하기

〈껍데기는 가라〉에서 4·19 정신을 노래한 신동엽은 민주화 혁명 과정에서 희생된 사람들을 위해 이 시를 지었습니다. 시인과 함께 민주화 운동을 한 특정인일 수도 있고, 이름 모를 누군가일 수도 있습니다.

'그리운 그'의 얼굴과 노래는 다시 찾을 수도 들을 수도 없지만 산에, 언덕에, 들에, 숲속에 숨결이 스며들었다고 이야기합니다. '행인'은 그를 그리워하는 사람들이지요. 그래서 쓸쓸한 마음으로 들길을 더듬고 있습니다.

이 시는 이미 고인이 된 시인의 생가 근처에 세워진 시비(詩碑)에 새겨져 있습니다. 이제 시인 스스로 시 속의 '그리운 그'가 되어 버렸기 때문이죠. 그리고 시인을 사랑한 사람들은 '행인'이 되어 그의 숨결을 산에서 언덕에서 더듬을 뿐입니다.

# 봄

이성부

기다리지 않아도 오고
기다림마저 잃었을 때에도 너는 온다.
어디 뻘밭 구석이거나
썩은 물웅덩이 같은 데를 기웃거리다가
한눈 좀 팔고, 싸움도 한판 하고,
지쳐 나자빠져 있다가
다급한 사연 들고 달려간 바람이
흔들어 깨우면
눈 부비며 너는 더디게 온다.
더디게 더디게 마침내 올 것이 온다.
너를 보면 눈부셔
일어나 맞이할 수가 없다.
입을 열어 외치지만 소리는 굳어
나는 아무것도 미리 알릴 수가 없다.
가까스로 두 팔을 벌려 껴안아 보는
너, 먼 데서 이기고 돌아온 사람아.

## 시 이해하기

이성부(1942~2012) 역시 1960년대 대표적인 참여 시인 중 한 사람입니다. 참여시란 순수시와 반대되는 개념인데요, 정치, 사회의 문제에 관심을 가지고 비판적인 의식으로 그 변혁을 촉구하는 내용을 담은 시를 말합니다. 따라서 참여시를 감상할 때는 시가 쓰일 당시의 시대 상황을 확인하는 작업이 필요합니다.

이 시는 1974년에 발표되었어요. 1960년 4·19 혁명으로 민주화에 대한 열망을 확인했지만, 이듬해인 1961년 5·16 군사 정변으로 민주주의의 불씨가 꺼지고 독재 정권이 들어섰고, 이 시가 발표될 당시까지 이어지고 있었지요.

이 시에서 말하는 '너(봄)'는 무엇일까요. 그렇습니다. 민주, 자유와 같은 것들입니다. '너'로 의인화된 대상인 '봄'은 더디게 오지만, 마침내 올 것이라고 믿고 있지요. 시인은 왜 사계절 중에 봄을 선택했을까요? 봄-여름-가을-겨울, 그리고 다시 봄으로 이어지는 계절의 순환이 너무도 당연한 것처럼 자유와 민주 역시 당연히 올 것이라고 믿었던 것이지요. 봄은 반드시 겨울 뒤에 옵니다. 시인이 살고 있던 시대는 겨울이었을 것입니다. 하지만 '가까스로 두 팔을 벌려 껴안'고 싶은 네가 먼 데서 이기고 돌아올 것을 믿고 있습니다.

## 단어

**부비다**: 바른 표기는 '비비다'이다.

# 숲

강은교

나무 하나가 흔들린다
나무 하나가 흔들리면
나무 둘도 흔들린다
나무 둘이 흔들리면
나무 셋도 흔들린다

이렇게 이렇게

나무 하나의 꿈은
나무 둘의 꿈
나무 둘의 꿈은
나무 셋의 꿈

나무 하나가 고개를 젓는다
옆에서
나무 둘도 고개를 젓는다
옆에서
나무 셋도 고개를 젓는다

아무도 없다
아무도 없이
나무들이 흔들리고
고개를 젓는다

이렇게 이렇게
함께

## 시 이해하기

강은교(1945~ ) 시인이 나무로 표현한 존재는 사실 우리들일지도 모릅니다. 나무 하나가 흔들리면 둘도 셋도 흔들린다고 했지요. 사람살이도 그렇습니다. 한 사람의 고민과 방황은 금방 다른 사람들에게도 옮아갑니다. 꿈도 마찬가지예요. 한 사람만 꾸던 꿈을 두 사람, 세 사람이 함께 꾸면 그 꿈에 더 가까워집니다. 때로는 고개를 저으며 절망할 때도 있지만, 결국은 함께 살아가지요. 함께 살아가는 것이 결국은 고개를 저으며 포기했던 일들을 다시 시작하게 하는 힘이 됩니다.

# 성북동 비둘기

김광섭

성북동 산에 번지가 새로 생기면서
본래 살던 성북동 비둘기만이 번지가 없어졌다
새벽부터 돌 깨는 산울림에 떨다가
가슴에 금이 갔다
그래도 성북동 비둘기는
하느님의 광장 같은 새파란 아침 하늘에
성북동 주민에게 축복의 메시지나 전하듯
성북동 하늘을 한 바퀴 휘 돈다

성북동 메마른 골짜기에는
조용히 앉아 콩알 하나 찍어 먹을
널찍한 마당은커녕 가는 데마다
채석장 포성이 메아리쳐서
피난하듯 지붕에 올라앉아
아침 구공탄 굴뚝 연기에서 향수를 느끼다가
산 1번지 채석장에 도루 가서
금방 따낸 돌 온기에 입을 닦는다

예전에는 사람을 성자(聖者)처럼 보고

사람 가까이

사람과 같이 사랑하고

사람과 같이 평화를 즐기던

사랑과 평화의 새 비둘기는

이제 산도 잃고 사람도 잃고

사랑과 평화의 사상까지

낳지 못하는 쫓기는 새가 되었다

## 시 이해하기

김광섭(1905?~1977) 시인이 1969년에 발표한 네 번째 시집의 표제시이자
대표작입니다.

1연에서는 '성북동 산에 번지가 새로 생기면서 / 본래 살던 성북동 비둘기
만이 번지가 없어졌다'고 합니다. '번지'는 주소를 말하지요. 번지가 새로
생겼다는 것은 개발이 되어 가는 모습을 말합니다. '돌 깨는 산울림'은 개
발의 공포지요. 그런 산울림에 떨다 비둘기의 가슴에 금이 갔지만, 비둘기
는 '성북동 주민들에게 축복의 메시지나 전하듯' 하늘을 한 바퀴 돕니다.

2연에서는 삶의 터전을 잃어버린 비둘기의 모습을 그리고 있습니다. 콩알
하나 찍어 먹을 마당도 없고, 채석장 포성에 놀라 피난하듯 지붕에 올라앉
습니다.

3연에서는 사랑과 평화의 상징이었던 비둘기가 더 이상 사랑과 평화의 사
상을 낳지 못하는 새가 되어 버렸다고 합니다.

이 시의 '성북동 비둘기'는 인간에 의해 파괴된 자연을 의미한다고 볼 수
있습니다. 그러나 다른 한편으로는 개발이라는 미명 아래 삶의 터전을 잃
는 철거민들의 모습을 떠올리는 것도 어렵지 않습니다.

## 단어

**도루**: 바른 표기는 '도로'이다.

# 빨래꽃

유안진

이 마을도 비었습니다

국도에서 지방 도로 접어들어도 호젓하지 않았습니다

폐교된 분교를 지나도 빈 마을이 띄엄띄엄 추웠습니다

그러다가 빨래 널린 어느 집은 생가(生家)보다 반가웠습니다

빨랫줄에 줄 타던 옷가지들이 담 너머로 윙크했습니다

초겨울 다저녁때에도 초봄처럼 따뜻했습니다

꽃보다 꽃다운 빨래꽃이었습니다

꽃보다 향기로운 사람 냄새가 풍겼습니다

어디선가 금방 개 짖는 소리도 들린 듯했습니다

온 마을이 꽃밭이었습니다

골목길에 설핏 빨래 입은 사람들은 더욱 꽃이었습니다

사람보다 기막힌 꽃이 어디 또 있습니까

지나와 놓고도 목 고개는 자꾸만 뒤로 돌아갔습니다.

## 시 이해하기

첫 행을 시작하는 "이 마을도 비었습니다"라는 문장에서 어떤 생각을 했나요? 다른 마을이 비어 있는 것처럼 이 마을 역시 비었다는 생각이 들지 않나요? 마을들은 왜 비어 있을까요? 국도에서 지방 도로에 접어들었다고 했으니, 큰길가가 아니라 작은 마을 단위로 들어간 것 같습니다. 그런데 이 마을도 저 마을도 비어 있어요. 폐교된 분교라고 했으니 아이들이 없어서 학교도 사라진 마을이네요. 그러다가 빨래 널린 집을 발견했습니다. 그러고는 빨랫줄에 널린 옷가지들이 마치 꽃처럼 보일 만큼 반갑고 아름답다고 말합니다. 빨랫줄에 널린 옷들이 꽃이니, 잘 마른 빨래를 입은 사람은 더욱 꽃이지요. 사람보다 기막힌 꽃은 없으니까요.

여러분이 살고 있는 마을은 어떤 모습인가요? 대도시에는 사람들이 북적북적 많이들 살고 있지요. 그래도 빨랫줄에 널린 빨래는 보기 어렵습니다. 하물며 인구가 적은 지역에서는 실제로 비어 있는 마을들이 많다고 해요. 폐가들도 많고요. 그래서 사람이 살고 있다는 것을 보여 주는 빨래들이 무척이나 반가웠고, 골목길에서 만났던 몇몇 사람들이 더욱 귀하게 느껴졌을 거예요. 그러니 지나오고 나서도 고개가 자꾸 뒤로 돌아갔나 봅니다.

# 수라(修羅)

백석

  거미 새끼 하나 방바닥에 나린 것을 나는 아무 생각 없이 문밖으로 쓸어 버린다
  차디찬 밤이다


  언제인가 새끼 거미 쓸려 나간 곳에 큰 거미가 왔다
  나는 가슴이 짜릿한다
  나는 또 큰 거미를 쓸어 문밖으로 버리며
  찬 밖이라도 새끼 있는 데로 가라고 하며 서러워한다


  이렇게 해서 아린 가슴이 싹기도 전이다
  어데서 좁쌀알만 한 알에서 가제 깨인 듯한 발이 채 서지도 못한 무척 작은 새끼 거미가 이번엔 큰 거미 없어진 곳으로 와서 아물거린다
  나는 가슴이 메이는 듯하다
  내 손에 오르기라도 하라고 나는 손을 내어미나 분명히 울고불고 할 이 작은 것은 나를 무서우이 달어나 버리며 나를 서럽게 한다
  나는 이 작은 것을 고이 보드러운 종이에 받어 또 문밖으로 버리며

이것의 엄마와 누나나 형이 가까이 이것의 걱정을 하며 있다가
쉬이 만나기나 했으면 좋으련만 하고 슬퍼한다

## 시 이해하기

수라(修羅)는 아수라(阿修羅)라고도 하는데요, 불교의 윤회설에서 말하는 싸움이나 그 밖의 다른 일로 큰 혼란에 빠진 곳, 또는 그런 세계나 그곳에 사는 존재, 싸우기를 좋아하는 귀신의 세계를 말합니다. 왜 이런 제목인지 궁금하지 않나요?

1연에서 나는 '아무 생각 없이' 거미 새끼 하나를 문밖으로 쓸어 버립니다. 2연에서는 새끼 거미 쓸려 나간 자리에 큰 거미가 오죠. 나는 그 큰 거미를 또 문밖으로 버리면서 '서러워'합니다. 3연에는 알에서 갓 깬 듯한, 발이 채 서지도 못한 무척 작은 새끼 거미가 큰 거미 없어진 곳에 나타납니다. 이제 나는 '가슴이 메이는 듯'하지요. 시간이 흐르고, 거미들이 나타나는 상황이 반복되면서 나의 감정이 변하고 있습니다. 마지막에는 내가 문밖으로 버린 거미들을 떠올리며, 이 문밖에서 거미들이 쉽게 만나기나 했으면 좋겠다고 생각하며 슬퍼하지요.

백석(1912~1996) 시인의 이 시는 일제 강점기에 발표되었습니다. 뿔뿔이 흩어진 거미들의 모습을 통해 일제 치하 우리 민족의 삶을 떠올려 보면서 제목의 의미를 생각해 보기 바랍니다.

## 단어

**가제**: '갓', '방금'의 평안도 방언.

# 멧새 소리

백석

처마 끝에 명태(明太)를 말린다

명태(明太)는 꽁꽁 얼었다

명태(明太)는 길다랗고 파리한 물고긴데

꼬리에 길다란 고드름이 달렸다

해는 저물고 날은 다 가고 볕은 서러웁게 차갑다

나도 길다랗고 파리한 명태(明太)다

문(門)턱에 꽁꽁 얼어서

가슴에 길다란 고드름이 달렸다

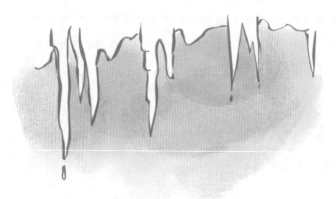

## 시 이해하기

백석은 평안북도 정주 출신입니다. 일본 유학 경험도 있고, 만주 세관에서 근무한 일도 있습니다. 귀국해서 고향에 머물던 중 해방이 되어 북한에서 남북 분단을 맞이하였습니다. 젊은 시절부터 우리 문단에서 워낙 빼어난 서정 시인으로 자리 잡았던 터라 분단 이후 백석의 시를 만나 볼 수 없다는 아쉬움이 늘 남지요.

처마 끝에 매달린 명태는 기다랗고 파리한 물고기인데, 그 꼬리에 고드름이 달려 있습니다. 화자는 나도 명태라고 이야기합니다. 명태 꼬리에 달린 고드름처럼 내 가슴에도 기다란 고드름이 달려 있기 때문이죠. '해는 저물고 날은 다 가' 버렸기 때문에 '볕은 서러웁게 차갑다'고 합니다. 화자의 외롭고 쓸쓸한 정서를 명태를 통해 잘 보여 주고 있습니다.

그런데 이 시의 재미있는 점은 제목입니다. 메는 순우리말로 '산'을 뜻합니다. 멧새는 '산새'예요. 명태를 말리는 곳은 바닷가 마을일 텐데 어떻게 산새 소리가 들릴까요? '나'의 고향은 산마을인가 봅니다. 그래서 명태를 말리는 바닷가 마을에서 마음이 꽁꽁 얼어 가고 있는 것이죠. 참 절묘한 제목입니다.

## 단어

**길다랗다**: 바른 표기는 '기다랗다'이다.

# 청포도

이육사

내 고장 칠월은
청포도가 익어 가는 시절

이 마을 전설이 주저리주저리 열리고
먼 데 하늘이 꿈꾸려 알알이 들어와 박혀

하늘 밑 푸른 바다가 가슴을 열고
흰 돛단배가 곱게 밀려서 오면

내가 바라는 손님은 고달픈 몸으로
청포를 입고 찾아온다고 했으니

내 그를 맞아 이 포도를 따 먹으면
두 손은 함뿍 적셔도 좋으련

아이야 우리 식탁엔 은쟁반에
하이얀 모시 수건을 마련해 두렴

## 시 이해하기

이육사(1904~1944)는 대표적인 민족 시인, 저항 시인입니다. 시인의 본명은 원록(源祿)입니다. '육사'라는 이름은 그가 대구 형무소에 수용되었을 때 수인 번호가 64(또는 264)여서 유래한 것이라고 하지요. 이육사의 친가와 외가는 모두 일본식으로 성과 이름을 바꾸라는 일본식 성명 강요를 거부하였고, 신사 참배를 거부하는 등 일제에 항거한 집안인데, 그의 투철한 항일 의식은 이런 집안 분위기 속에서 자연스럽게 길러졌겠지요. 이육사는 일제 강점기라는 절망적인 시대 상황 속에서도 뜻을 굽히지 않고 지사적인 풍모로 끝까지 올곧은 삶을 살다 베이징의 한 교도소에서 생을 마감했습니다.

'청포도'로 형상화된 고향은 전설처럼 아름답고 정갈한 공간이지요. 하늘, 푸른 바다, 청포도의 푸른색과 흰 돛단배, 은쟁반, 하이얀 모시 수건 등 흰색이 대비되는 청명한 공간을 어렵지 않게 떠올릴 수 있습니다. 이렇게 아름다운 공간을 마련해 두고 손님을 기다립니다. 기다리는 손님은 고달픈 몸으로 찾아온다고 했어요. 여기서 손님은 이육사 자신 또는 일제 강점기를 살아가는 우리 민족이라고 볼 수 있겠죠. 일제 강점기 당시 이육사를 비롯한 우리 민족의 삶은 고달팠을 것입니다. 하지만 시인은 그 끝에 반드시 청포도 식탁을 만날 수 있다고 믿었고, 내 고장의 탐스러운 청포도를 그리워했습니다. 암울한 현실을 극복하고 밝은 내일을 만날 수 있을 것이라는 기대였지요. 간절히 원했던 조국 광복을 1년 앞두고 죽음을 맞이한 시인의 삶을 떠올리면 숙연해집니다.

# 청산별곡

작자 미상


살어리 살어리랏다 청산(靑山)애 살어리랏다
멀위랑 ᄃᆞ래랑 먹고 청산(靑山)애 살어리랏다
얄리 얄리 얄랑셩 얄라리 얄라

우러라 우러라 새여 자고 니러 우러라 새여
널라와 시름 한 나도 자고 니러 우니노라
얄리 얄리 얄라셩 얄라리 얄라

가던 새 가던 새 본다 믈아래 가던 새 본다
잉무든 장글란 가지고 믈아래 가던 새 본다
얄리 얄리 얄라셩 얄라리 얄라

이링공 뎌링공 ᄒᆞ야 나즈란 디내와숀뎌
오리도 가리도 업슨 바므란 쏘 엇디 호리라
얄리 얄리 얄라셩 얄라리 얄라

어듸라 더디던 돌코 누리라 마치던 돌코
믜리도 괴리도 업시 마자셔 우니노라

얄리 얄리 얄라셩 얄라리 얄라

살어리 살어리랏다 바른래 살어리랏다
ㄴ 민자기 구조개랑 먹고 바른래 살어리랏다
얄리 얄리 얄라셩 얄라리 얄라

가다가 가다가 드로라 에졍지 가다가 드로라
사ᄉ미 짒대에 올아셔 히금을 혀거를 드로라
얄리 얄리 얄라셩 얄라리 얄라

가다니 비부른 도긔 설진 강수를 비조라
조롱곳 누로기 미와 잡ᄉ와니 내 엇디 ᄒ리잇고
얄리 얄리 얄라셩 얄라리 얄라

## 시 이해하기

청산별곡은 고려 가요입니다. 고려 가요는 고려 시대에 주로 민중들 사이에서 불렸던 노래로, 일정한 음보와 반복되는 후렴구가 있는 경우가 많습니다. 이 시에도 '얄리 얄리 얄라셩(얄랑셩) 얄라리 얄라'라는 후렴구가 있지요. 청산별곡은 총 여덟 개의 연으로 이루어져 있고, 각각의 연은 내용 2행과 후렴구 1행으로 구성되어 있는 정형시입니다.

1연부터 5연까지는 '청산(청산)'에서의 삶을, 6연부터 8연까지는 '바루(바다)'에서의 삶을 다룬 내용입니다. 청산과 바다를 헤매면서 자신의 삶의 비애를 노래하고 있습니다. 청산에서는 멀위(머루)랑 두래(다래)를, 바다에는 ᄂ ᄆ자기(나문재)와 구조개(굴조개)를 먹는 것으로 보아 화자의 형편은 넉넉하지 않은 것 같습니다. 2연에서 우는 새를 보며 너보다 시름이 많다고 말하기도 하고, 5연에서 누구를 맞추려던 것인지도 모를 돌에 맞아 울기도 합니다. 결국 8연에 가서는 설진 강수(독한 술)를 빚어 삶의 고달픔을 잊고자 합니다. 고려 시대 민중의 생활상을 엿볼 수 있는 작품입니다.

## 단어

ᄂ ᄆ**자기(나문재)**: 명아줏과의 한해살이풀.

# 단심가

정몽주

이 몸이 죽고 죽어 일백 번 고쳐 죽어
백골이 진토되어 넋이라도 있고 없고
임 향한 일편단심이야 가실 줄이 있으랴

### 시 이해하기

정몽주(1337~1392)는 고려 말기 문신이자 학자입니다. 〈단심가〉는 이성계가 위화도에서 회군하였을 때, 이후에 조선 태종이 된 이방원이 정몽주의 뜻을 떠보려고 읊은 〈하여가〉에 답하여 부른 노래입니다. "이런들 어떠하며 저런들 어떠하리"로 시작하는 〈하여가〉는 망해 가는 고려를 버리고 새로운 나라인 조선을 건국하는 데 함께하자고 정몽주에게 제의하는 내용입니다. 이런 제안에 답한 노래가 바로 〈단심가〉입니다. 아주 오랜 시간이 흘러 자신의 뼈가 흙이 되고 넋이 사라질망정, 고려에 대한 충심을 버릴 수 없다고 거절하는 내용이지요. 이렇게 충심 깊은 신하였던 정몽주는 어떻게 되었을까요? 답은 역사 속에 있습니다.

## 하여가

이방원

이런들 어떠하며 저런들 어떠하리.
만수산 칡넝쿨이 얽혀진들 그 어떠하리.
우리도 이같이 얽혀 한평생을 누리니.

# 까마귀 눈비 맞아

박팽년

까마귀 눈비 맞아 희는 듯 검노매라

야광명월(夜光明月)이 밤인들 어두우랴

임 향한 일편단심(一片丹心)이야 변할 줄이 있으랴

## 시 이해하기

박팽년(1417~1456)은 조선 전기의 문신이자 사육신의 한 사람입니다. 사육신은 조선 세조 2년(1456년) 단종의 복위를 꾀하다 발각되어 처형되거나 스스로 목숨을 끊은 성삼문, 박팽년, 하위지, 이개, 유성원, 유응부 여섯 명을 가리킵니다. 세조는 조카인 단종으로부터 왕위를 빼앗고, 단종을 영월로 유배 보낸 인물이지요. 초장의 '까마귀'는 세조를, 중장의 '야광명월'은 단종을 의미합니다. 눈비를 맞아 하얀 듯 보이지만 결국은 검은 까마귀와 밤에도 빛나는 달을 통해 어둠과 밝음을 표현하였습니다. 그리고 종장에서 '임 향한 일편단심'은 변하지 않을 것이라는 자신의 다짐을 이야기하고 있습니다.

## 단어

**야광명월**: 밤에도 밝게 빛나는 달. 또는 밤에도 빛나는 구슬인 야광주와 명월주.

# 천만리 머나먼 길에

왕방연

천만리 머나먼 길에 고운 님 여의옵고
내 마음 둘 데 없어 냇가에 앉았으니
저 물도 내 안 같아서 울어 밤길 예놋다

## 시 이해하기

왕방연은 조선 전기의 문신으로, 언제 태어나 언제 죽었는지는 확실하지 않습니다. 왕방연은 조선 세조 때, 단종을 유배지인 강월도 영월까지 호송했는데, 이 작품은 단종을 호송하고 돌아오는 길에 지은 작품이라고 합니다. 역사 수업 시간에 배워서 잘 알고 있겠지만, 단종은 숙부인 세조(수양대군)에게 왕위를 빼앗기고 강원도 영월로 유배를 가게 된 인물이지요. 왕방연은 시에서 신하로서 임금을 잘 모시지 못하고 오히려 유배지에 데려다 놓고 돌아오는 안타까운 심정을 노래하고 있어요. 조선 시대에 한양에서 강원도 영월까지는 말 그대로 천만리 머나먼 길이었겠죠. 그런 멀고 외진 곳에 왕위를 찬탈당한 어린 왕을 두고 돌아오는 마음은 흐르는 저 물처럼 밤새 울며 가는 것만 같습니다.

## 단어

**여의옵고**: 이별하옵고.
**내 안**: 내 마음.
**예놋다**: 가는구나.

# 들판이 적막하다

정현종


가을 햇볕에 공기에
익는 벼에
눈부신 것 천지인데,
그런데,
아, 들판이 적막하다—
메뚜기가 없다!


오 이 불길한 고요—
생명의 황금 고리가 끊어졌느니……

## 시 이해하기

정현종(1939~ ) 시인이 지은 이 시는 8행으로 이루어진 총 2연의 짧은 시입니다. 1연의 초반부는 가을 햇볕, 공기, 익는 벼 등 눈부신 것이 천지라고 하면서 평화롭게 진행됩니다. 하지만 '그런데' 이후의 내용은 어떤가요? 들판이 적막해서 메뚜기가 없다는 사실을 깨닫게 됩니다. 메뚜기 떼가 없어서 매우 조용한 상황을 2연에서는 '불길한 고요'라고 표현했습니다. 생명의 황금 고리가 끊어졌으니까요. 생태계 파괴에 대한 경각심을 불러일으킵니다. 메뚜기가 왜 없어졌을까요? 북극곰의 집인 빙하는 왜 자꾸 녹을까요? 산에 사는 멧돼지들은 왜 자꾸 민가로 내려오는 것이지요? 인간의 끝없는 욕심 때문에 파괴되는 자연과 생태계에 대해 생각해 보고, 생활 속에서 할 수 있는 일들을 찾아 실천해야만 끊어진 생태계의 순환 고리를 다시 이을 수 있을 겁니다.

# 광화문, 겨울, 불꽃, 나무

이문재

해가 졌는데도 어두워지지 않는다
겨울 저물녘 광화문 네거리
맨몸으로 돌아가 있는 가로수들이
일제히 불을 켠다 나뭇가지에
수만 개 꼬마전구들이 들러붙어 있다
불현듯 불꽃 나무! 하며 손뼉을 칠 뻔했다

어둠도 이젠 병균 같은 것일까
밤을 끄고 휘황하게 낮을 켜 놓은 권력들
내륙 한가운데에 서 있는
해군 장군의 동상도 잠들지 못하고
문 닫은 세종문화회관도 두 눈 뜨고 있다

엽록소를 버린 겨울나무들
한밤중에 이상한 광합성을 하고 있다
광화문은 광화문(光化門)
뿌리로 내려가 있던 겨울나무들이
저녁마다 황급히 올라오고

겨울이 교란당하고 있는 것이다
밤에도 잠들지 못하는 사람들
광화문 겨울나무 불꽃 나무들

## 시 이해하기

이문재(1959~ )는 1982년 등단한 이후 현재까지도 꾸준히 작품 활동을 하고 있는 현역 시인입니다. 동시대를 살고 있는 시인의 작품들은 우리가 살아가면서 무심코 지나친 것들을 다시 돌아보게 만드는 힘이 있습니다.

제목처럼 어느 겨울밤, 광화문 네거리를 걷다가 꼬마전구를 몸에 두른 나무들을 보며 떠오른 생각을 담담히 나열하고 있습니다. '광화문'이라는 이름에 쓰인 한자는 빛 광(光) 자와 될 화(化) 자입니다. 이름처럼 광화문은 한밤중에도 빛을 밝히고 있는 모습입니다.

1연에서 화자는 일제히 불을 켠 나뭇가지의 꼬마전구를 보고 손뼉을 칠 뻔하죠. 그 광경이 아름답고 놀라웠기 때문일 거예요. 그런데 2연에 가서는 오히려 한밤중에 지나치게 밝은 빛을 내고 있는 것이, 어둠을 병균처럼 여기는 것만 같아서 불편해집니다. 광화문 광장 한가운데에 서 있는 이순신 장군 동상은 항상 눈을 뜨고 있는 게 당연한 일이지만, 그것도 잠들지 못하는 것처럼 보이니까요. 3연에 가면 이상한 일은 나무들에게서도 일어납니다. 광합성은 식물이 햇빛에서 영양분을 합성하는 일이죠. 나무들은 햇빛 대신 인공 불빛으로 한밤중에 이상한 광합성을 하고 있지요. 또한 사람들도 나무들도 잠들지 못하고 겨울을 교란당하고 있다고 말합니다.

어두워지지 않는 밤, 한밤중의 광합성은 자연의 순리를 역행하는 일입니다. 문명 세태에 대한 비판적 상념이 잘 나타난 작품입니다.

## 단어

**휘황하다**: 광채가 나서 눈부시게 번쩍이다.

# 도시 가로수가 들려준 말

오지연


전선으로 내 온몸을
둘둘 휘감았죠

작은 전구들이
번쩍번쩍

사람들은
보기 좋다 아름답다,
감탄하지만

나는
가지 사이로
햇빛 받아
별빛 받아
저절로 빛나고 싶어요

살갗이 너무 따가워요
밤마다 몸살 난 듯

온몸이 쑤시고 아파요.

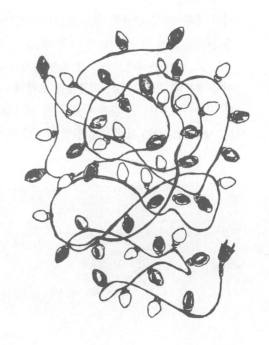

## 시 이해하기

길을 걷다 작은 꼬마전구를 온몸에 두른 가로수들을 보면 마음이 좋지 않습니다. 밤에도 반짝반짝 예쁜 불빛을 내고 있는 모습을 보고 있자면 저 나무는 얼마나 뜨거울까 하는 생각이 들기 때문이에요. 오지연(1968~ ) 시인도 저와 비슷한 느낌을 받은 경험이 있는 것 같습니다. 그래서 시에서는 가로수의 목소리로 이야기하고 있습니다. 사람들은 보기 좋다 아름답다 감탄하지만, 나무는 살갗이 너무 따갑고 밤마다 몸살 난 듯 온몸이 쑤시고 아프다고 말이에요.

여러 매체에서도 환경과 생명 존중에 대한 관심이 부쩍 높아지고 있는 요즘입니다. 날개 한 번 마음껏 펴 볼 수 없는 좁은 공간에서 평생 알을 낳다 죽는 닭, 좁은 우리에서 사료를 먹으며 가공육이 되기 위해 키워지는 소들이 불쌍하다고 말하지요. 식물들을 보기 좋은 모양으로 자라게 하려 공간을 제약하고, 전구를 휘감아 놓는 것 역시 자연에 대한 인간의 폭력입니다. 생명 감수성에 대해 다시 한번 생각해 보게 됩니다.

# 새로운 길

윤동주

내를 건너서 숲으로
고개를 넘어서 마을로

어제도 가고 오늘도 갈
나의 길 새로운 길

민들레가 피고 까치가 날고
아가씨가 지나고 바람이 일고

나의 길은 언제나 새로운 길
오늘도…… 내일도……

내를 건너서 숲으로
고개를 넘어서 마을로

## 시 이해하기

아침에 학교에 올 때 어떤 풍경들을 마주하고 있나요? 시인은 내를 건너서 숲으로 가고, 고개를 넘어 마을로 가는 풍경 속에서 자랐습니다. 시에서 묘사하고 있는 풍경도 특별할 것 없는 아주 평범한 모습이지요. 매일 마주하는 풍경을 보면서도 시인은 "지루하다", "지겹다"라고 말하지 않았네요. 어제도 오늘도 내일도 걸어갈 자신의 길을 오히려 '새로운 길'이라고 이야기합니다.

우리가 살아가는 하루하루는 매일 똑같아 보이지만, 사실 똑같은 하루는 없습니다. 시인은 바로 이 지점을 희망적으로 이야기하고 있어요. 매일매일 반복되는 하루를, 시인은 매일 새롭게 인식하고 있지요.

윤동주(1917~1945)는 일제 강점기에 중국 땅인 북간도 명동촌에서 태어나 자랐습니다. 연희전문학교에서 수학한 뒤, 일본으로 건너가 유학 생활을 하던 중 사촌인 송몽규와 함께 유학생을 모아 놓고 조선의 독립과 민족 문화의 수호를 선동했다는 죄목으로 일본 경찰에 체포되어 후쿠오카 형무소에서 죽었습니다. 그의 생애를 생각하면, 너무나도 짧았던 문학청년의 '새로운 길'이 궁금해집니다.

# 길

김애란

난 뭐가 되지? 뭘 할 수 있지?
어느 길로 가야 하지? 길은 있을까?
묻는 내게 엄마는 생뚱맞게도
큰 사거리 케이 마트에 갔다 오란다

가서 니 젤로 먹고 자픈 거 사 온나
꼭 사거리 케이 마트여야 하는 기라

꼬깃꼬깃 구겨진 5천 원짜리 한 장을
내 손에 꼭 쥐여 주셨다
왜 하필 길도 잘 모르는
남의 동네 케이 마트일까

골목길을 벗어나
장미꽃 흐드러지게 핀 동네 슈퍼를 돌아
소망 약국을 지나 편의점 파라솔 밑에서
어느 쪽 길로 갈까 잠시 망설이다가
벽화가 그려진 담장 길을 걸어 케이 마트에 가서

땡볕 때문에 제일 먹고 싶어진 아이스크림을
골라 담아 열 개에 4900원에 사 왔다

집에선 안 보이던 길이
나가니께는 보이제?
것도 이 길 저 길 많이 보이제?
똑같은 기라
지금은 암것도 안 보이고
똑 죽을 거맹키로 막막한 거 같아도
일단 나서면 보이는 게 길이래이
가다 보면 없던 길도 생긴대이
길이 끊기몬 돌아서면 되는 기라
그라믄 못 보고 지나친 길이 새로 보이는 기라
어디든 길은 쌔고 쌘 기라

## 시 이해하기

《두근두근 내 인생》《달려라, 아비》《바깥은 여름》등 재미있는 소설을 많이 쓴 작가 김애란(1980~ )의 시입니다. 이 시를 읽으니 작가의 단편 소설 〈칼자국〉이 떠오릅니다. 작가의 자전적 소설이기도 한데요, 식당을 운영하며 자식을 키워 낸 어머니를 딸의 시선으로 바라본 소설입니다. 이 시를 읽고 그 소설이 떠오른 이유는, 이 시 속에서 딸에게 말하고 있는 어머니가 소설 속 어머니와 비슷하다는 생각이 들었기 때문입니다.

어머니의 연륜이 느껴지는 조언이지요. '난 뭐가 되지?', '뭘 할 수 있지?' 가만히 앉아서 고민하기보다는 일단 길을 나서는 것이 중요합니다. 집에서는 안 보이던 길이 나가니까 보여요. 나서면 보이는 게 길이고, 가다 보면 없던 길도 생깁니다. 길이 끊기면 돌아서면 되는 것이고요. 다른 길로 가면 되지요, 뭐. 자, 이제 우리도 5천 원짜리 한 장 들고 케이 마트를 향해 걸어가 봅시다.

# 작품 출처와
# 수록 교과서 목록

| 작품명 | 저자 | 작품 출처 | 수록 교과서 |
|---|---|---|---|
| 가랑비 | 정완영 | 《가랑비 가랑가랑 가랑파 가랑가랑》_사계절, 2017 | 미래엔 3-1 |
| 비스듬히 | 정현종 | 《견딜 수 없네》_문학과지성사, 2013 | 동아 3-2 |
| 방문객 | 정현종 | 《광휘의 속삭임》_문학과지성사, 2008 | |
| 나그네 | 박목월 | 《청록집》_을유문화사, 2016 | 금성 3-1 |
| 완화삼 - 목월에게 | 조지훈 | 박목월 · 조지훈 · 박두진, 《청록집》 | |
| 우리 동네 구자명 씨<br>- 여성사 연구 5 | 고정희 | 《지리산의 봄》_문학과지성사, 2018 | 금성 3-2 |
| 성에꽃 | 최두석 | 《성에꽃》_문학과지성사, 1990 | |
| 꽃 | 김춘수 | 《시와 시론》_지식을만드는지식, 2014 | 천재(박) 3-1 |
| 3월에 오는 눈 | 나태주 | 《이야기가 있는 시집》_푸른길, 2006 | 천재(박) 3-1 |
| 행복 | 나태주 | 《나태주 대표시 선집》_푸른길, 2018 | 미래엔 3-1 |
| 묵화 | 김종삼 | 《김종삼 전집》_나남출판, 2005 | 지학사 3-2 |
| 개를 여남은이나 기르되 | 작자 미상 | 《청구영언 김천택 편 주해 편》<br>_국립한글박물관, 2017 | 동아 3-1 |
| 제망매가 | 월명사 | 《향가 해독법 연구》_서울대학교출판부, 1980 | 비상 3-2 |
| 도솔가 | 월명사 | 한국민족문화대백과사전 〈도솔가(兜率歌)〉 | |
| 호수 1 | 정지용 | 《향수》_책만드는집, 2017 | 교학사 3-2 |
| 얼굴 반찬 | 공광규 | 《얼굴 반찬》_지식을만드는지식, 2014 | 비상 3-1 |

| 나를 멈추게 하는 것들 – 속도에 대한 명상 13 | 반칠환 | 《뜰채로 죽은 별을 건지는 사랑》_시와시학사, 2001 | 지학사 3-1 |
|---|---|---|---|
| 남으로 창을 내겠소 | 김상용 | 《남으로 창을 내겠소》_글로벌콘텐츠, 2015 | 교학사 3-1 |
| 벼락 | 이성미 | 《너무 오래 머물렀을 때》_문학과지성사, 2016 | 천재(노) 3-1 |
| 봄나무 | 이상국 | 《어느 농사꾼의 별에서》_창비, 2014 | 천재(노) 3-1 |
| 돼지고기 두어 근 끊어 왔다는 말 | 안도현 | 《간절하게 참 철없이》_창비, 2017 | 천재(노) 3-2 |
| 내 앞자리만 안 내림 | 하상욱 | 《서울 시》_중앙북스, 2013 | 비상 3-2 |
| 딸을 위한 시 | 마종하 | 《활주로가 있는 밤》_문학동네, 1999 | 지학사 3-1 |
| 봄비 | 안도현 | 《그리운 여우》_창작과비평사, 1999 | 교학사 3-1 |
| 내 마음 베어 내어 | 정철 | 《청구영언 김천택 편 주해 편》_국립한글박물관, 2017 | 동아 3-1 |
| 풀꽃 1 | 나태주 | 《풀꽃》_도서출판 지혜, 2018 | 금성 3-1 |
| 풀꽃 2 | 나태주 | 《풀꽃》_도서출판 지혜, 2018 | |
| 풀꽃 3 | 나태주 | 《풀꽃》_도서출판 지혜, 2018 | |
| 햇빛이 말을 걸다 | 권대웅 | 《조금 쓸쓸했던 생의 한때》_문학동네, 2003 | 금성 3-1 |
| 가난한 사랑 노래 – 이웃의 한 젊은이를 위하여 | 신경림 | 《가난한 사랑 노래》_실천문학, 2017 | 금성 3-2 |
| 상처가 더 꽃이다 | 유안진 | 《알고》_천년의시작, 2009 | 미래엔 3-1 |
| 봄은 | 신동엽 | 《누가 하늘을 보았다 하는가》_창비, 2017 | 미래엔 3-2 |
| 껍데기는 가라 | 신동엽 | 《누가 하늘을 보았다 하는가》_창비, 2017 | 미래엔 3-2 |

| | | | |
|---|---|---|---|
| 산에 언덕에 | 신동엽 | 《누가 하늘을 보았다 하는가》_창비, 2017 | 미래엔 3-2 |
| 봄 | 이성부 | 《우리들의 양식》_민음사, 1995 | 비상 3-1 |
| 숲 | 강은교 | 《빈자 일기》_민음사, 1977 | 창비 3-1 |
| 성북동 비둘기 | 김광섭 | 《성북동 비둘기》_미래사, 2003 | 지학사 3-1 |
| 빨래꽃 | 유안진 | 《다보탑을 줍다》_창비, 2004 | 교학사 3-2 |
| 수라 | 백석 | 《나와 나타샤와 흰 당나귀》_다산북스, 2005 | 비상 3-2 |
| 멧새 소리 | 백석 | 《정본 백석 시집》_문학동네, 2007 | 지학사 3-2 |
| 청포도 | 이육사 | 《원전 주해 이육사 시전집》_예옥, 2008 | 천재(박) 3-1 |
| 청산별곡 | 작자 미상 | 《한국 고전 시가선》_창비, 2006 | 창비 3-1 |
| 단심가 | 정몽주 | 《한국 시조 감상》_보고사, 2012 | 교학사 3-2 |
| 하여가 | 이방원 | 한국민족문화대백과사전 〈하여가(何如歌)〉 | |
| 까마귀 눈비 맞아 | 박팽년 | 《한국 고전 문학 전집 1》_고대민족문화연구소, 1993 | 천재(박) 3-2 |
| 천만리 머나먼 길에 | 왕방연 | 《고시조대전》_고려대학교민족문화연구원, 2012 | 지학사 3-1 |
| 들판이 적막하다 | 정현종 | 《한 꽃송이》_문학과지성사, 1992 | 천재(박) 3-2 |
| 광화문, 겨울, 불꽃, 나무 | 이문재 | 《제국호텔》_문학동네, 2005 | 미래엔 3-2 |
| 도시 가로수가 들려준 말 | 오지연 | 《빵점 아빠 백점 엄마》_푸른책들, 2017 | 미래엔 3-2 |
| 새로운 길 | 윤동주 | 《윤동주 시집》_범우사, 2008 | 천재(박) 3-1 |
| 길 | 김애란 | 《난 학교 밖 아이》_창비교육, 2017 | 창비 3-2 |

※ 천재교육(노): 노미숙, 천재교육(박): 박영목

스푼북 청소년 문학

# 국어 교과서 여행  중3 시

초판 1쇄 발행 2020년 11월 2일

엮은이 한송이

ISBN 979-11-6581-052-8 (43810)

* 저작권법에 의하여 한국 내에서 보호를 받는 저작물이므로 무단 전재와 무단 복제를 금합니다.
  이 도서의 국립중앙도서관 출판예정도서목록(CIP)은 서지정보유통지원시스템 홈페이지(http://seoji.nl.go.kr)와
  국가자료공동목록시스템(http://www.nl.go.kr/kolisnet)에서 이용하실 수 있습니다. (CIP제어번호: CIP2020043708)
* 책값은 뒤표지에 있습니다.
* 잘못 만들어진 책은 구입하신 곳에서 바꾸어 드립니다.

펴낸곳 ㈜ 스푼북 | 펴낸이 박상희 | 출판신고 2016년 11월 15일 제2017-000267호
주소 (03993) 서울시 마포구 월드컵북로 6길 88-7 ky21빌딩 2층
전화 02-6357-0050(편집) 02-6357-0051(마케팅)
팩스 02-6357-0052 | 전자우편 book@spoonbook.co.kr